KB092134

태양의 길로 가라!

김종덕 시집

시음사
시사랑음악사랑

제목 : 태양(太陽)의 길로 가라!

시낭송 : 박영애

제목 : 서시
시낭송 : 박영애

제목 : 님의 예언
시낭송 : 박태임

제목 : 목포의 세월
시낭송 : 김지원

제목 : 봄비
시낭송 : 박영애

제목 : 갯바위
시낭송 : 김이진

제목 : 가슴에 흐르는 별
시낭송 : 박영애

제목 : 목련화
시낭송 : 박영애

제목 : 나의 여수
시낭송 : 박영애

제목 : 가을 나그네
시낭송 : 박영애

제목 : 달문
시낭송 : 박영애

제목 : 내 님의 사랑
시낭송 : 박영애

제목 : 안개비 내리는 섬
시낭송 : 박영애

제목 : 내 가슴에
　　　　그대 별 내리면
시낭송 : 박영애

제목 : 갈바람
시낭송 : 박영애

제목 : 물 주기 게으른 자
　　　　꽃을 키우지 마라
시낭송 : 박영애

제목 : 지리산
시낭송 : 박순애

제목 : 불꽃
시낭송 : 박영애

제목 : 콘도르
시낭송 : 박영애

제목 : 딸에게
시낭송 : 박영애

제목 : 강나루
시낭송 : 박영애

제목 : 가을 잡이
시낭송 : 박영애

序詩

저 하늘의 눈동자에
눈 맞추며 날고 싶다

비어있는 가슴
채울 수 없는 고독

삶이 말을 듣지 않을 때
깊이 파보고 싶었다

무던히도 아팠던 속은

메아리 없는 사랑에   새벽의 풍경 소리가
통곡으로 울부짖고   마음을 일으킬 때

갈 수도 없는 길에   그 열정으로
발을 들여놓고   빈 하늘에 솟구쳐
꼼짝없는 설움에
뒤틀리기도 했다   목이 매여
                    지르지 못했던 그 고함을
                    심장의 소리로
                    부르짖고 싶다

[비상 : 파리, 프랑스(2015)]

제목 : 서시
시낭송 : 박영애

스마트폰으로 QR 코드를 스캔하면
시낭송을 감상할 수 있습니다.

♣ 목차

♣ 목차

♣ 목차

하나 : 지킴이

부둣가 가로등

바다 이야기만 들린다
수많은 배들이 들고 날 때도
마음에 있는 소리
한 번도 하지 못했다

낮에는 눈이 없어
누군지도 알 수 없고
말소리로만 사람을 본다

시끌벅적한 소리들이
가슴에 다가오고
귀에 익은 목소리
심봉사의 귀에는
심청이만 들린다

눈을 떠보니
찾던 님은 보이지 않고
낚시꾼만 한 둘
어슴푸레 잡힌다

지고 있는 달이 무거워
고개 들 수 없지만
바닷속에 맺혀
흔들리고 있는 저 달
소리로만 듣던
내 님이 아닐는지

[부둣가 가로등: 여수(2017)]

님의 예언(豫言)

하늘이 열리면서 지어진 집
수 억 년을 가야 할 집
비는 심하게 젖어 들고
지붕엔 잡초(雜草)가 솟아
기왓장을 부수고 있다

온갖 잡새가 제집 삼아 놀고
심지어
땅에 기어 다니던 잡 뱀들도
배를 채우러 지붕에 올라 눈을
흘기고 있다

동토(凍土)의 겨울
거친 눈보라에 시달려
쓰러져 가는 집

기둥으로 들어서서
혼(魂)을 다하여
지붕을 떠받치고 왔다

비 새는 무거운 지붕
거센 폭풍(暴風), 모진 칼날에도
피를 흘리며 꿋꿋이 버텨온 나날

올 것 같지 않던 봄은
고드름 언 기둥 사이로 찾아들고

독사(毒蛇)에 물려 사경을 헤매
주인들이 돌아와
핏자국으로 둘러싸인
기둥을 닦아도
그 쓰라린 역사(歷史)는
생각조차 못하고

잡초를 제거하고 기와도
새로 얹어
새롭게 훨훨 날아보자는 때에도

거친 눈보라를 끌어온 잡 뱀들은
어디론가 숨어 혀를 날름거리고 있다

수 억 년을 가야 할 집
기둥이 그 세월(歲月)을 예언(豫言) 하리라

[오래된 기둥: 로마, 이탈리아(2010)]

제목 : 님의 예언
시낭송 : 박태임

스마트폰으로 QR 코드를 스캔하면
시낭송을 감상할 수 있습니다.

백골의 휴전선

별도 잠든 컴컴한
오성산 하늘에
찬란히 빛나는 저 별
초소의 불빛으로
다가온 자리
동서로 길게 뻗은
숨 막히는 휴전선

하얀 눈은
DMZ를 덮고
고라니 남북으로
휘돌고 있다

2주 만의 철책 순찰
정신없이 돌아오고
신록의 휴전선 까투리 소리
고향 뒷산 솟아온다

백골 바쳐 지켜온 이 땅
흑골 되어
님의 얼굴 흐릿해져도
남은 혼으로
사랑할 수밖에 없는 님

추억을 다잡아
오늘 다시 쳐다보는
백골 휴전선

내가 아닌 우리가
넋으로라도
지켜야 할 가슴 속의 님

[참전용사 탑: 뉴저지, 미국(2004)]

소녀상(少女像)

바닷길 가 소녀상
이름 모를 새들의 지저귐 속에도
차갑게 버티고 앉아
멍한 세월을 보내고 있다

포근히 안아 주는 가로등
먼 곳으로 보이는 별
창백한 눈썹달
많은 이야기를 하고 싶다
엄마 손잡고 캐던 쑥
소꿉 살림
고무줄
공기놀이

멀리서 개 짖는 소리만 들리고
아버지도 끌려가고

이제는
먼 나라로 잡혀가   세월이 싫어
고문 당하던   굳어진 상(像)으로
지옥의 공포   봄이 오도록 기다리고 있다

[세월의 아픔 : 센다이, 일본(2010)]

찔레꽃

살점은 떼이고
뼈를 드러낸
쓰러져가는 초가
무너진 담장

비워진 자태로
하얗게 핀 찔레꽃
부스스하게 튼 얼굴로
민 세월을
바라보고 있다

소식 없는 주인
기약 없는
떠날 때의 결심을
하얀 눈물로
되새긴다

빼앗긴 들에
생명이 깃들고
신록이 춤을 출 때
담장 밑에 쪼그려 앉아

겨울에도 참았던
뜨거운 눈물로
되돌아온 영혼을
반갑게 맞고 있다

[한반도: 제주(2015)]

둘 : 함께

솟대

하늘과 땅을
이어주는 길

망부석으로 한자리에 앉아
애타도록 기다림으로
익어간 새

땅 위를 배회하는 영혼
다다를 수 없는 하늘

외로운 가을밤
달 속으로 방황하는
외기러기

멀리 날 수 있고
더 높이 날 수 있는 혼

깊은 하늘을 향해
기도하고 있는 새

차가운 달을 보며
눈물짓는
장대 위의
날지 못하는 새

[오월엔 꼭 돌아오세요: 목포(2017)]

여시 비

맑은 하늘
하늘을 얻지 못한 여시의 눈물

우리 아이들 섬에 갈 때
덩달아 시집갔나

여시 비는
큰 비를 불러온다는데

안개가 짙어
여시 비인 줄은 몰랐네

마음이 눈을 가려
여시 비인 줄 몰랐네

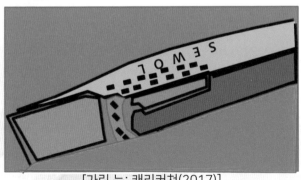

[가린 눈: 캐리커쳐(2017)]

목포의 세월(歲月)

팽목의 눈물이
다 마르지 못한 채
목포의 세월(歲月)이
흘러가고 있다

목포의 눈물이
세월(歲月)에 실려
바다와 반대쪽으로 누워
그 애환(哀歡)도
억지로 돌려놓고 있다

다가가 볼 수도 없이
목포의 세월(歲月)은
저만치서
감옥(監獄)에 갇혀 있고

가시를 잃은 아카시아는
제 열매를 매달 자리에
노랑 열매를 달고
쭉쭉 갈라져 버린 갯벌에
마른 눈물마저 던져 버리고 만다

하늘로 가는 혼(魂)의 끝이
바다 위로 끌리어
별빛 따라 흐르고 있고

아직도 다 부르지 못한
목포의 눈물 위에

목포의 세월(歲月)은
또 다른 목포의 눈물을
아로새기고 있다

[목포의 세월 : 목포(2017)]

제목 : 목포의 세월
시낭송 : 김지원
스마트폰으로 QR 코드를 스캔하면
시낭송을 감상할 수 있습니다.

사월(四月)에는

모든 생명이 일어날 수 있게
봄비가 오게 하여
주시옵소서

마음속에 복숭아꽃, 살구 꽃,
아기 진달래가 피게 하여
주시옵소서

황량한 마음속의 밭을 갈아
고운 새싹이 나게 하여
주시옵소서

오는 비가 창가를 노크하여
잠자고 있는 눈을 뜨게 하여
주시옵소서

진한 초록색의 들판에
자유와 생명이 함께
할 수 있도록 해
주시옵소서

그다지 크지 않는 소리로 불러도
서로에게 닿을 수 있는
귀와 마음을 열게 하여
주시옵소서

바다를 잠잠케 하시어
끓어오르는 분노를
삭일 수 있게 해
주시옵소서

번데기에서 갓 깨어난 노오란
나비들이 날개를 말릴 수 있게
따스한 햇빛을
주시옵소서

밤에는 별에 사는 외로운 넋들을
볼 수 있게 구름을 거두어
주시옵소서

그리워 목이 터져라 불러보는
그리운 이들을 서로 만나게 해
주시옵소서

서로 서로 손을 맞잡고
따스한 마음을 나눌 수 있게
한량없는 정을 뿌려
주시옵소서

못다 한 이야기들을
가슴에 새길 수 있도록
차가운 가슴을 갖게 하여
주시옵소서

[사월의 기도 : 완도(1996)]

25

봄비

비는 계절에 맞게 와야 한다
계절에 벗어난 비는 수군거림을 몰고 온다

봄비는 나를 일으켜 세우려고 오지만
나는 바닷속에 파묻혀 있다
아직 봄비를 맞이할 기운이 없다

봄비는 나에게 따스한 소식을 건네주려 하지만
나의 귀는 모진 겨울 바다에 얽히고설키어
봄 이야기를 들을 수 없다

또한, 봄도 봄답게 와야 한다
얼어 있는 차가운 땅에 얼굴을 내밀어도
새싹은, 꽃은 움직이지 않을 것이다

봄비도 생명을 틔우기 위해서 올 것이다
나도 생명이고 싶다

얼마나 많은 봄비가 쏟아져야
나의 생명을 틔울 수 있을까

제목 : 봄비
시낭송 : 박영애
스마트폰으로 QR 코드를 스캔하면
시낭송을 감상할 수 있습니다.

별

별은 자리를 지켜야 한다
또한, 별은 변하지 않아야 한다
힘들 때 보아도 거기에 있어야 한다

별은 빛나야 한다
그 빛은 한겨울에도 따스해야 한다
마음에 닿아야 한다

별은 영혼이다
가 볼 수 없고, 다다를 수 없어서
혼으로 되어 찾아간다

혼이 많을수록 빛이 더 강하다
영혼이 아무런 생체기 없이
영원히 머무를 수 있는 곳이다

하물며
다 못한 이야기도
묻지 않을 것이며,
차디찬 영혼으로 다가가도
내쫓지 않을 것이다.

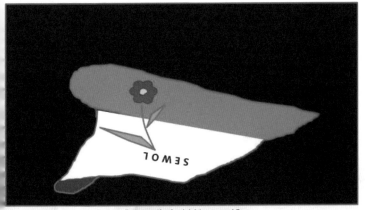

[꿈 : 캐리커쳐(2017)]

연등(燃燈)

어미가 먹이를 날라 주듯
스며드는 인연

진흙 속 열 개의 혈(穴)
喜(희)
怒(노)
哀(애)
樂(락)
憂(우)
懼(구)
愛(애)
憎(증)
惡(오)
欲(욕)
가슴으로 띄워 만든 꽃

산사 오솔길에 기다리심은
맑은 흐르는 물에 씻어
따스하게 오라는 말씀

뿌리를 내린 곳이 어둡다 하여도
생명을 기르는 것

연등이 피면
서로 같은 아름다움으로
다가오라는 말씀

지나가는 바람에 흔들리면
스치는 인연의 끈을
놓지 말라는 말씀

파아란 별빛에도
빛나라 함은
다 못한 내 사랑에
멀어져 간 인연들을
챙겨보라시는 말씀

촛불의 눈물로 켜진
색색의 연등은
흘린 눈물만큼의 인연을
살갑게 보듬어라는 말씀

허공에 자리 잡은 연등은
자신을 비우고, 버려
나의 기도보다는
타인을 위한 기도로
끈끈한 사랑을
이어가라는 말씀

[인연: 여수(2017)]

셋 : 은혜

갯바위

거센 파도(波濤)를
기다리는 갯바위

그렇게 두들겨 맞아도
화풀이를 해 대도
말없이 받아주는 건
이유 없는 반항(反抗) 인가
엄마가 풀어내는
배려(配慮)의 사랑인가

숙명(宿命)으로 만나
무던히 그 자리를 지키고 있는 건
부모와 자식의 인연(因緣)이다

미친 듯 달려드는
저 파도
눈 감으면 아물거리는
아이들의
외침 소리와 닮아 있을까

[갯바위: 제주도(2013)]

제목 : 갯바위
시낭송 : 김이진

스마트폰으로 QR 코드를 스캔하면
시낭송을 감상할 수 있습니다.

가슴에 흐르는 별

무슨 한을 빌어 입어
그렇게도 작게 태어나셨소
콩밭 매면 머리만 보이고,
감자 밭엔 보이지 않고,
볏논 맨다고 엎드리면
일렁이는 파도로만 보이던
내 어머니

폴짝 뛰어 대나무가지 잡고 훑어
몸에 챡 감기는 회초리로
앞날을 다그치며
아파도 멍하니
눈물만 보였던 내 어머니

새벽 3시, 5시 두 번의
밥을 지어
새벽 열차로 통학시키고,
낭군을 출근 시켰던 내 어머니

산허리에 걸린 고구마 밭에
머리에 인 물이 출렁거려
온몸을 적셔도
조금 남은 물로
온 밭을 축여 준 내 어머니

소, 돼지, 젖 짜는 염소, 개들
전신을 바쳐
새끼들에 갖다 부은 내 어머니

열 배나 큰 울타리 버드나무
비상 덩굴에 온몸이 칭칭 감
내는 신음 소리에
말없이 눈물짓던 내 어머니

탈곡기에 휩쓸려 들어가고,
키의 3배나 되는 도리깨로
악으로 보리를 털던 내 어머니

눈물을 바쳐
일어서려 할 때
그 모진 태풍에
한으로 일군 모든 것을
떠내려 보내고도
벌근 눈으로
감싸 주던 내 어머니

제목 : 가슴에 흐르는 별
시낭송 : 박영애
스마트폰으로 QR 코드를 스캔하면
시낭송을 감상할 수 있습니다.

이까리를 풀어주지 못하여
저세상 가버린 동물들의
눈을 보며
가슴으로 한탄하던 내 어머니

한 번은 떵떵거리며 살아
맺힌 한을
땅속에 묻어 버리고 싶었던
내 어머니

모든 한을 눈 속에 가두고
아무도 재촉하지 않던
그 길을 밟고
저 별로 가버린 내 어머니

보고 싶고, 가보고 싶어도
빛나는 저 별
보기 부끄럽고 미안함에
고개도 들지 못하는
이 마음

잔잔한 은하수 건너서
다가오는 저 별

깊게 깊게
부딪히고 멍들어

내 가슴에 흐르는
저 별

[가슴에 흐르는 별: 여수(2017)]

망부석

30년
돌도 닳았다

영혼으로 먼저 가
산속에서 기다리다
까만 뼈로만 남았다

그토록 기다리던 영혼
이제 영원의 님을 맞았다

내자를 먼저 보내고
그 영욕의 세월을
몸으로 막아
그리움을 속으로 삭여 왔다

세상의 불이 꺼지고
무상(無常)의 빛 속에

저 멀리 아련히
달려오는 혼

얼싸안으며
저쪽 세상은
그저 추억이었노라고만
기억하라 한다

양지바른 국립현충원에서
끊어졌던 부부의 연을
다시 시작하여
모든 걱정 묻어 버리고

영원한 유토피아에서
그간의 이야기를
천천히
나누어 보시기를

[부부의 인연: 목포(2017)]

목련화

기린 같은 긴 목을 빼고
무엇을 기다리고 있을까
전해오는 향기는 가까운 곳은
아닐진대

소식을 전해오는 실바람에도
눈을 맞출 수 없어
아련한 향은 코끝에 맴도는데
어디서 온 향인지
눈시울만 젖게 하네

봉오리를 틔울 때
살짝 보이는 흰 목젖은
제 새끼 먹이려는
새 주둥아리와 같아

보릿고개
저 어미 그날도 보리쌀을 삶는데

땅 파며, 흙 뒤지며
새끼 줄 것 나올까나

뽀얗게 드러나는 흰 속살은
흙 묻어 팔랑대던
어미의 치마인데

코끝에 맴도는
그 향기를 몰라보니
세월의 막힘인가
마음의 막힘인가

꿈에도 못 뵈는 님
곱게도 피었어라

[어미의 치마: 캠퍼스(2015]

제목 : 목련화
시낭송 : 박영애
스마트폰으로 QR 코드를 스캔하면
시낭송을 감상할 수 있습니다.

하얀 나비

하얀 별에서 오셨나요

깨끗하고 청명한 날
달빛, 별빛 타고 오시지

오늘처럼,
천둥 치고 소낙비 내리는 날
이렇게 급하게 오신 걸 보니
혹, 저에게 생길 나쁜 일을
막아주려 오셨나요

한쪽 날개가 불편한 것 보니
옛날 보리 타작 도리깨질에
다치신 오른손이 분명한데

어찌 처마 밑에서
휘돌고만 계십니까

저의 어깨에 오십시오
한 번도 내어주지 못한
부끄러운 이 어깨에

잠시 쉬시면
먹구름 물러가고
고운 햇빛이
꽃길을 만들어 주실 것입니다

지금도 목련의 꽃잎처럼
하얀 치마를 좋아하십니까

그립고,
보고 싶은
나의 어머니

[머나먼 길: 영광(2016)]

개펄

끝이 안 보이는
실루엣 사이로
고단한 태양은 석양에 잡혀
쉬러 가고

개펄에 갇힌
통통선은 몸부림칠수록
더욱 깊이 빨려 들어가
애환(哀歡)의 밀물을
기다리고 있다

저어기
허리 끊어지는
질곡의 휘파람 소리

낙조를 타고 드는
뻘배들의 귀환
숭고한 땀방울
주름에 그려진 낙서
떠오르는 아이 얼굴

살을 에는 추위도
뻘배의 엔진을
꺼뜨리지 못 하고

살아 있는 개펄은
젖줄이 되기 위해
미끄러져 들어오는 뻘배를
엄마의 가슴으로
포근히 기다리고 있다

[갯벌: 강화도(2013)]

하늘이 익어 갈 때

하늘이 열리고
산고의 열로 온 하늘이
붉게 물들었을 때

지구를 낳고
지구는 계절을 낳고
계절은 인간을 낳았다

하늘은 자식에게
그렇게 많은 시련을 내리고
고통을 주어도
알아듣지 못하였다

숙명으로
하늘이 익어 갈 때
여기까지 와준 것에
대한 고마움에
말 없는 눈물로 다가가서
등을 어루만지고 있다

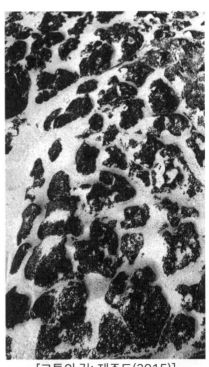

[고통의 길: 제주도(2015)]

양떼구름

하늘이 맞닿을
산등성이 양들이
저물어가는 가을의
젖줄을 빨고 있고

하늘의 거울에는
그사이 불어난 양떼들이
밤하늘 별처럼 촘촘히
엮어져 있다

저 별들 속에는
우리 엄마도 잠 못 드시고
계실 텐데

저 양떼들
꼭 길 잃은 기러기처럼
남녘으로
남녘으로
길게 뻗어
따스한 품 찾아 가고 있다

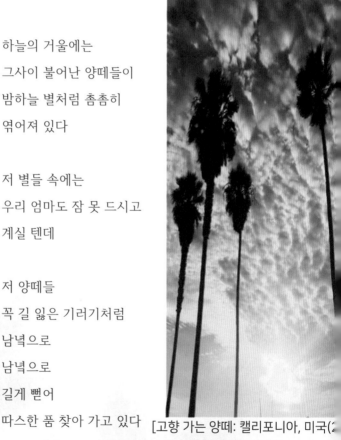

[고향 가는 양떼: 캘리포니아, 미국(2

넷 : 나

나의 여수(麗水)

생명을 틔우는 아름답고 빛나는 물, 여수(麗水)
1년 갯 수의 섬들

봄을 낳는 돌산,
솔바람 맞으며 굽은 길 끝엔
바다 위 절벽에 서서 사람을 인간으로 이끌고,
맑은 일출로 인간의 마음을 정화시키는 향일암
지나는 토굴 사이로 아련한 둥지가 보일 것이오

먼바다의 이야기를 들려주는
숭어가 튀어 올라 같이 놀자 인사하고
먼 석양 속으로 비치는 실루엣은
옛 고향을 그려내고
붉게 떨어지는 태양은
다시 찾을 내일을 잡을 것이오

바다를 따라 도는 정겨운 드라이브 코스
길가의 들풀과 꽃들은
왜 이제 오냐며
눈꼬리를 흘리고
때맞춰 오는 이슬비는
지나가는 흑백영화의 주인공으로 만들 것이오

뱃길에 몸을 싣고자 하면
어디로 갈까 고민되는 많은 섬
금오도 비렁길에 맑은 숲
거문도, 백도의 태초의 울림
하화도 꽃섬 길
개도의 사람 길
낚시도 좋소

내 말 들어 주는 사람 없거든
오동도의 동백꽃과 한참을 수다도 떨고

비켜 가는 파도 소리에 원망도 해보고
서로 엉켜 싸우고 있는
가녀린 대나무들의 싸움도 좀 말려 주기도 하소

찬란한 밤엔
꼭,
진남관의 수루(水樓)에 앉아
이순신 장군의 얼을 엮어보기도 하고
여천공단의 환상의 불빛에
그대들의 정열을 빗대어 보소

뱃길 위에 축제에도 가보고,
엑스포 장의 빅 오의 조명 향연은
그대의 잠자고 있는 감성에
불쏘시개가 될 것이니
옆 사람 혼동 마소

그래도 무언가 모자라다 싶거든
해변가에 예쁘게 단장된
낭만포차에 앉아
이 사람 저 사람이랑 인간을 맺어보소

돌아갈 때는
여수의 갓김치와 게장이랑 사서
못 따라온 사람들에
아부라도 한번 하면서
여수의 날들을 총총 되새김하면
듣던 사람 삐쳐서
당장이라도 여수에 올 것이오

그러다가
새봄이 오면
당신들처럼 겹겹의 고통을 이기고 피어난
영취산의 진달래에
그 간의 아팠던 눈물들을
속속들이 뿌리고 가소

[여수의 일출 : 여수(2016)]

제목 : 나의 여수
시낭송 : 박영애

스마트폰으로 QR 코드를 스캔하면
시낭송을 감상할 수 있습니다.

나는

찾는 것이 무엇인지는 아는가

포탄이 뚫고 지나간

펑 빈자리

찾는다고 찾아질까

길 닦으면 보일까

소리치면 되돌아올까

갈 곳조차 잃어버리고

대상 없는 이 아픈 마음

찾으려면

얽혀버린 신경망

보이지 않는

오갈 곳 없는 길

어디서

무엇으로 시작할까

나는 누구이어야 하는가

[나는 누구인가: 여수엑스포(2012)]

안개 낀 밤 고속도로 비가 내리고

아! 삶.

낮에
몸부림치며 매달려 있던
물들고
구멍 난
잎 새 한 닢

이 시각
고속도로 위에 떠 있다

[구멍난 잎새: 창선도(2016)]

가야 할 길

바로 보이는 이 길
끝이 없어 보이는 저 길
가보지 못한 길
여러 갈래로 난 길
산 너머 저 길

길은
마음으로 가는 것이 아니라
뜻으로 가야 한다

돌아올 길을 가지고 가는 건
뒤돌아볼 후회(後悔)도
등에 지고 갈 뿐

길은
비가 와야 단단해지고,
뜨거워야 익고
쓰러지지 않게 차가워야 하며
돌에 걸려 생기는
생채기도 감수해야 한다

폭풍우, 눈보라도
실바람으로 다가오고,
길가엔 고추잠자리 나는
황금벌판의 청명한 하늘도
이젠, 나의 길로 다가온다

길은
나를 데려다주는
말 없는 동반자(同伴者)로
나의 잘, 잘못을
결코 헤아리지 않는다

[가야 할 길: 무등산(2015)]

가을 나그네

석양 속으로 가야 할 먼 길
어깨에 멘 배낭에는
낙엽만 가득 들어있다

생각과 사고 자체가 말라버린 뒤
챙겨 가야 할 것은 더 없다

몸을 누울 수 있는 곳까지라도
저 석양 가슴에 남아 있었으면

갈대 우짖는 소리만으로도
지나온 길들이
켜켜이 눈을 찌르는데

말 받아 줄 기러기는
너무 높이 날고 있다

떠나올 때 여정은
태양의 길로
확실히 잡아 두었건만
태양도 낡고 닳아
곁에 있을 수 없다

가을비 지나간
축축한 언덕에 푹 퍼져
하늘 볼 여유조차 없는데

세월 젖은 저 별빛만
텅 빈 공간을 타고 내려와
온 가슴을 적시고 있다

[석양 속으로 가야 할 길: 제주도(2015)]

제목 : 가을 나그네
시낭송 : 박영애

스마트폰으로 QR 코드를 스캔하면
시낭송을 감상할 수 있습니다.

이 마음에 낙엽비 내리면

님 기다림에 피가 마르고
더 이상 바랄 것이 없을 때

낙엽비 우수수
이 마음에 내리면
긴 기다림

소슬바람에 태워
가슴 가득 찬 전할 말

흘러내리지 않도록
가슴에 담아

덧없음으로 다가오는
메마른 마음
비가 되어 내리고 싶다

다가올 푸르른 날에
그 인연 이어지기를

[기다림의 인연: 강화도(2014)]

새벽길

게슴츠레 눈을 뜬 가로등
삶의 고통이 묻어나고
짐 가득 실은 짐차
헐떡이며 고갯길 넘어간다

별들이 귀향을 준비하고
달빛 속
길게 끌려가는 내 그림자

심장을 꿰뚫는 찬바람
살아 있는지 툭 건드려보고 간다

새벽길을 간다
깨어 있다

동녘이 발갛게 타오를 때
열정도
활활 타오르고

나의 길을 가고 있다

[나의 길: 리미니 해변, 이탈리아(2010)]

내가 갖지 못한 것

어제의 어려운 일이
새로운 태양 앞에 흩어져 가고

오늘 할 일들도
태어날 때 유전적으로
프로그램 된 것처럼
시간을 따라 차고 나간다

무언가 잡으려고 하면
안개처럼 사라지는 저것은
희망인가, 욕망인가

책상 앞에서의 공허함
무언가 채워지지 못한 것이
뇌 속을 헤집고 다니고

배고픔보다 더하고
빈 동굴 속으로 끝없이 추락하는
채울 수 없는 허전함

살아가는 공식에도 없고
수렴이 되지 않는
빈손 만 쳐다보게 되는

내가 갖지 못한 것은
진정 자신감밖에 없을 것인가

[새로운 태양: 해남(2000)]

달문

내 마음에도 저 달 하나
감추어
동그란 빈터 하나 만들고 싶다

오가는 구름 위에
마음 하나 띄워 놓고

긴 낚싯대 하나 드리워
고운 마음 하나 낚고 싶다

지나가는 돛단배 위에
이 마음 실어
도착한 항구에서
읽어주는 사람
하나 있으면 좋겠다

가는 길
뜻대로 못 가더라도
길가에 따스하게 맞아주는
내 사람 있으면 좋겠다

갇힌 저 달
빈터에 앉히고
속내 마음 들어볼까
이내 마음 전해 볼까

[마음 낚기: 츠쿠바, 일본(1996)]

제목 : 달문
시낭송 : 박영애

스마트폰으로 QR 코드를 스캔하면
시낭송을 감상할 수 있습니다.

갈대꽃

가을 햇살
갈대 잎사귀에 빛나고

왜가리 한 쌍
가을 찾아 방황하고 있다

갈대의 울음소리
나그네 발길 재촉하고

뉘엿뉘엿 지는 해
갈대꽃에 앉아 있다

향기가 없어 서러운 꽃
예쁘지 않아 슬픈 꽃

오직
무겁지 않은
햇살만이 머물러
익어가는 벼처럼
그렇게 고개 숙여
감사의 인사를 하고 있다

살아감에 무슨
진한 향이 필요할까
시선 받는 것도 부끄럽다

여승의 하얀 머리 위에 빛나는
고운 햇살 속에
사각거리는 이야기 전설 삼아
가을의 기도 위로
내일이 살며시 내려앉길
기다리고 있다

[갈대 꽃: 제주(2013)]

추상(追想)

짓이긴 박하잎
콧속 싸아 한 향기
눈깔사탕 뭉게구름 속에
녹아들고

쇠똥에 불붙인 손난로
하얀 들판을 뛰어 돌며
버들강아지 눈뜰 때   날개 젖은 참새 잡으러 간다
풀피리 소리 가슴 에인다

저어기
쇠꼴 베는 꼬마 등줄에   미카의 기적(汽笛) 소리
시냇물이 흐르고   흑백 사진으로 스며들고

통고무신으로 낡아   억울한 석양
꿀 빨다 침에 쏘여   장독 속으로
당나발이 된 입술   잠들어 간다

[겨울 생각: 보스턴, 미국(2003)]

*미카 : 증기 기관차

삶의 한계(限界)

삶의 긴 행로(行路)에서
뜻대로 힘을 다해 왔다

잘 못 되는 일이면
나를 탓하며
미천함을 인정하며 살아왔다

표현(表現)은 유리벽에 막히고
체력(體力)이 기억 속의
나보다 더 흐트러지고
능력(能力)은 흘러가는 구름
저 마치 흐르는데

가장 잘 할 수 있었던 인내(忍耐)는
잎이 말라 뒤틀리듯
온 생(生)을 뒤틀고 있다

채워야 할 자신감(自信感)도
가녀린 바람에 떠 흘러가는
구멍 난 낙엽처럼
나뒹굴고 있고

극도(極度)의 한계(限界)는
노을 속에 묻힌 태양같이
쉽게 수평선 위를
떠나지 못하고 있다

[삶의 과정 : 파리, 프랑스(2015)]

발악(發惡)

여름 꼬리를 잡고
악(惡)을 쓰며 매달리던
매미의 발악(發惡)도
쉰 목을 내두르며 잠잠해져 간다

넘어가기 싫어
발악하던 가을 달도
분을 이기지 못하고
부스스 뜬 얼굴로
낮 허리에 걸려있고

님 손길을 잡으러 발악하던
상사화(相思花)의 고집(固執)도
익어가는 가을 소리에
맥(脈)을 놓는다

입이 찢어지도록
참새의 꼬리를 물던
허수아비도
발악의 눈물로
정신(精神) 줄을 놓고 있다

산꼭대기
악을 쓰며 끼룩거리는
풍력(風力) 바람개비도

시인(詩人)의 가슴속에서
발악(發惡) 하던
한 톨의 글도

막힌 숨을 콱
털치고 나와
풀 섶 위에
덜커덩
불시착(不時着) 하고 있다

[바람개비의 발악: 평창(2016)]

그루터기에 앉은 가을

님에 끌리듯
세월에 이끌려 가는 삶

이런 삶이 버거워
떠나버릴 것 같은 님

낙엽 몇 조각 떨어진,
가을이 앉아 쉬고 있는
그루터기

쉬고픈 자리
비켜주지 않고
갈 길만 다그치고 있다

이 가을 아니어도
가을은 다가오는데

핏줄 가라앉은 저 낙엽
기다림 찾아 길 떠나고

석양이 걸릴 산
귀밑에
뽀얀 억새꽃이 피어 있다

억새꽃 붉노랗게 물들어 갈 때쯤
이렇게도 고운 가을이
아마도
내 삶이었어라고

[삶의 길: 한라산(2015)]

몹시도 아픈 날

열이 많이 나서
눈이 아플 땐
가을 벌판을 보고 싶다

황금빛 들판을
가슴에 다 채우지 못하고
찬바람에 움츠려져
더욱 아프다

헤아릴 수 없는
가을앓이는
독감처럼
전신을 파고들어
더욱더 아프다

별빛에 몸을 실은
저 낙엽도
아팠던 것만큼
무거워져
휘날리지 못하고
추락하고 있다

[마음 줄기: 츠쿠바, 일본(2003)]

비 오는 날의 초상화

지나치는 모습
속내 알 수 없고
휑한 도착지는
바람에 휩쓸려간다

길바닥에 고인 모습은
날개 잃고 퍼덕이는 매
먹이조차 삼킬 수 없는
처박힌 자존심
참새도 뒤 물 튕기며
째려보고 간다

소낙비 차고 드는 속옷
방향 잃은 눈동자
부러진 날개에 천둥이 치고
움츠려진 심장은
불에 지져 검게 탄다

전깃줄에 매달린 까마귀
울어 짖어 한탄하고
비 새는 마음
가눌 길 없는
발걸음

[고뇌: 파리, 프랑스(2015)]

간솔

그 단단한 소나무 속에
야무지게도 박혔다

빼어 낼 수도 없는 옹이
태워서라도 없앨 수 있겠지만

이 가슴에 응어리져 꽂힌 저놈

님이 아니면
누구라 뽑아내랴

[마음의 기도: 정선(2016)]

다섯 : 사랑

내 님의 사랑

님은 기다림으로 인내하고
꼭 만나보지 못해도 넘쳐나는
사랑으로 이해하며
혹, 꿈속에서 밉다고 떠나가도
그 반대인 것을
아는 사람입니다

맑은 봄날 아지랑이 피어나듯
마음을 움직이게 하고
보고 싶어 피가 말라도
오는 빗속에 오늘도 잘 지내라는
인사하며
봄이 눈물로 돌아서 갈 때
다시 올 인사라는 것을
아는 사람입니다

여름의 뻐꾸기 소리에
내 님도 한 해를 짓기 위해
땀 흘리고 있다는 것을
인정해 주며

모질게도 뜨거운 날
땀 속엔 보고 싶은 눈물도
섞여 흐른다는 것을

매미가 목을 찢어
통곡하는 소리
내 님이 날 부르는 소리라는
알아듣는 사람입니다

가는 여름을 잡고 우는
쓰르라미
나에게 올
준비를 하고 있다는 것

온 대지가 황금빛으로
가는 것은
원초적인 느낌으로 조금만
기다려 달라는 뜻

고운 옷을 갈아입는
잎새를 보며
님의 마음도 외롭고 쓸쓸해
남녘을 보며
눈물짓고 있음을

기러기떼 달 속에 스며들 때
내 님도 나의 마음에 녹아들고
있음을 느끼는 사람입니다

흰 눈 내리는 강가 갈대가
눈에 못 이겨 축 늘어질 때
그것이 기다림의 무게라고
중심을 잡고

혹한 바람이 불어 살을
에일 때에도
나를 기다리며
가슴을 열어두고

겨울의 정점에서 짚신 발로
터벅터벅 얼음 위로 축 처져
오는 사람
그리움이 얼마나 컸으면
이렇게 무거운 짐을
지고 오셨나며
눈물로 톡톡
털어주는 사람입니다

[님이 오시는 길: 선암사(2016)]

제목 : 내 님의 사랑
시낭송 : 박영애

스마트폰으로 QR 코드를 스캔하면
시낭송을 감상할 수 있습니다.

안개비 내리는 섬

어렴풋이 보일 듯한 저 섬
내가 갇힌 지 오래다

벗어나 보고도 싶은데
그때마다 안개비가 내린다

차갑지 않은 눈망울
언제 나를 둘러싸고 있는지도
눈치채지 못하게 와 있다

다른 세상에도
이렇게 고운 비가
내리는 곳이 있을까

강렬한 햇볕은
안개비를 가져가고
섬을 내놓지만
따갑기만 한데

안개비는
가슴속으로 파고들어
저 섬이 타버릴까
지키고 섰다

[내가 갇힌 섬: 충주호(2017)]

제목 : 안개비 내리는 섬
시낭송 : 박영애

스마트폰으로 QR 코드를 스캔하면
시낭송을 감상할 수 있습니다.

먼 산 넘어 계신 당신

조각구름으로 떠 있는 당신
약한 바람이 불어도
흘러갈 듯하고
찬바람에 언 가슴 펴지도 못해
저미는 마음으로
남녘바람 기다릴 당신

보고파도 눈물로만 답하는 당신
어쩔 수도 없는 마음
꿈속에나마 찾아오겠다는 당신
허공으로 남아 가슴에 다다를 수
없는 당신

저 조각구름 보이기라도 하는데
먼 산 지나서 계신 당신,
하늘보다 더 멀어
눈 덮인 저 하얀 산
맨몸으로 날아가
저어기 있을 당신
등에 태우고 싶네요

날 저물면
날 수도 없을 텐데
마음만 앞서
흰 구름 가는 길 쳐다보고
보이지 않는,
만날 수 없는 허전함
기다림만 늘어가네요

진달래 피는 날 오면,
진달래 따라 가서
당신 모습 찾아볼까,
제비에 잎새 물려
이내 마음 전해볼까,
가랑비에 가만가만
당신 소식 물어볼까요

애처로운 눈썹달,　　　이렇게 깊어가는

풍선처럼 커져　　　　차가운 밤

내 가슴속에 터지면　　잠재워 주려 오시겠지요

응어리진 이 마음

사그라들 수 있을까

[먼 산: 도시국가 산마리노(2010)]

잠 못 드는 밤

깊은 밤 창밖엔 기다림만큼이나 쏟아지는 함박눈
졸고 있는 네온사인 틈새로 눈꽃 타고 오시겠지요

쌓인 눈 위로 남겨진 발자국 소리 없이 지워지고
오시던 님 찾을 길 없네요

찬바람에 휩쓸려 갔는지
기다리는 내 마음 전해지지 못 한 건지
밖에 나가 이리저리 찾아보고 있습니다

소복한 눈길에는 내 발자국만 만들어지고
저 나라에 가지 못한 낙엽들만 서로 보듬고 울고 있네요

가슴 빈자리가 이토록 차가운데
내 가슴에 들어있는 님은 얼마나 추울까요

내가 좋아한 이유로 님께서 저토록 찬 겨울 속에 지낸다면
님을 사랑하는 것보다는 큰 고통을 지우는 것이겠지요

여명이 다가오는 지금에도
찬 사랑 위에 앉아 있는 님은 내 사랑보다도
더 따스한 아침 햇살을 기다리고 있겠지요

[소복한 눈: 보스턴(2003)]

가을 같은 사랑

살을 찢고 들어앉은 아린 사랑
나갈 길조차 기워버렸다

상처로 인한 고열은
깡마른 살점만 익히고

육신은 비틀어져
기다림을 잊었다

낙엽으로 하얀 불 일구면
이 응어리 녹아내릴까

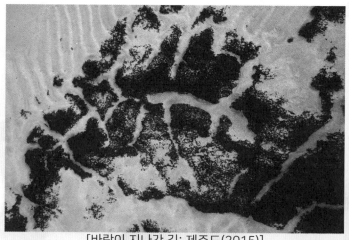

[바람이 지나간 길: 제주도(2015)]

억새꽃

건드리지 말라고 하면 될 것을

뙤약볕 아래서도

칼을 갈고 있었다   평평한 산마루

                     하얗게 흩날리고 있지만

칼은 경고라도 하지만,   마음 향할 길 알 수 없어

가깝게 가면 여지없이   꽃 속에 감추어진 날

상처를 만들어 내는 너   이 가을에 좀 무디어졌으면

[테러: 무역센터 테러, 미국(2003)]

내 가슴에 그대 별 내리면

엊 밤에는 가을비가 내렸네요
거기도 가을이 오나요

그대 진달래 향에 물들었을 때
돌아오지 못할 길이라고는
생각하지도 못했습니다

가을비가 지나간 지금
저렇게도 이쁘고 고운
별빛이 내 마음에 내리면

석양 속에 포근히 품 들어 있던
그대의 얼굴이 너무 곱게도
미소 짓고 있어
마지막 인사인지
애당초 알 수가 없었습니다

빈 텃밭에 고이 담아
진달래 필 때까지
품고 품어
그대 얼굴이 살아날 때까지
얼굴로 비비고
기다리겠습니다

진달래가 피기까지는
천추(千秋)의 세월이 남아
그대에게 진 빚
쌓아두기 마음 저려옵니다

또 한 번
애잔하게 내 가슴에 내리면
저 빛에 가슴 조여
터지는 심장으로
그대 맞으러 가겠습니다

[진달래가 필 때까지: 여수 영취산(2015)]

제목 : 내 가슴에 그대 별 내리면
시낭송 : 박영애

스마트폰으로 QR 코드를 스캔하면
시낭송을 감상할 수 있습니다.

내 님의 미소

가을 햇빛이
문득
준비되지 않은 어깨를
두드린대도

고요한 님의 미소가
내 눈 속에
자리 잡은 것을　　　　소슬바람에 실려 오는
느낄 수 있습니다　　　가녀린 눈웃음은
　　　　　　　　　　　돌아올 수 있다는 의미로
예전 미소 속에 알듯 말 듯 한　가슴을 적십니다
고운 눈물이
지금은　　　　　　　　다음에 또
가깝게 정으로 다가옵니다　예고 없이
　　　　　　　　　　　들국화 향이 스칠 때에는
　　　　　　　　　　　님인 줄 바로 알아
　　　　　　　　　　　내 품속에 품겠습니다.

[내 품속의 님: 여수엑스포(2012)]

국화 앞에서

언젠가 소쩍새 슬피 울 때
헤어짐을 잉태하고 있었다

까투리 목 놓아 울부짖을 때
애타는 기다림만
목에 피를 끓게 했다

길 잃은 기러기 끼욱끼욱
님 찾아 헤맬 때
저 국화 향
님 가슴속으로 퍼져
내 마음 전해질 수 있다면

실국화 필 때쯤
날이 바다 위로 열려
님께서 흘러들 때
그 향기 어려워
이해하지도 못했다

또 하나의 가을을 심어
그 싹이 움트면
멀리서 다가온 그 향기
이 품에서
고이 머물 수 있기를

[국화 향기: 플라워파크, 일본(1996)]

그믐달

초롱히도 새벽을 맞았네요
많이 아팠는지 얼굴이
많이 상했네요

아래로 뜬 눈이
너무 외롭고 애잔해 보입니다

별들도 하나둘씩 잠자러 가는데
눈이 시려 바라볼 수도 없는 님

그토록 그리움의 고통으로
밤을 새웠나 봅니다

달님도
눈을 위로 떠서
미소 짓는 얼굴로
님을 만나고 싶겠지요

아무런 걱정 마세요
님도 님 보고파
꼬리잠도 못 잤을 겁니다

님이시여!
너무 그리워하지 마세요
돌아보면
항상
그 자리에 있을 테니까요

[님 그리는 달: 여수(2017)]

떨켜

살(煞)이 살 속에 숨어 있어
더 다가가지 못함이 한스럽다

서로 껴안은 사랑
가슴 시리도록
아껴주고 받은 사랑

희미한 기억 속에
흘러간 사랑은
정으로 바뀌어 가고

추스를 수 없는 정은
말문을 닫게 한다

스스로 놓아버리는 사랑
찾을 수 없는
나를 남기는 사랑

시 공간을 초월하는
내 마음 같은 사랑

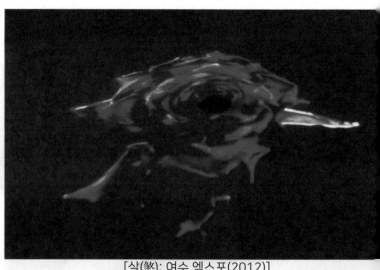

[살(煞): 여수 엑스포(2012)]

갈대꽃이 필 즈음

철새가 노래 부르며
호수에 날아들고
잔잔한 파문이 일어간다

갈대꽃으로 쓸어 담아
책갈피에 끼워 넣으려 할 때

꼭 그 자리에
빙빙 돌며 퍼져가는
원심원 속에
모락모락 솟아오르는 님

그리는 마음
책장 속으로 스며들어

흘러야 할 눈물이
말라버리고 말더라

[갈대꽃이 필 즈음: 제주도(2015)]

진달래에 실은 하루

잎보다
꽃을 먼저 피우는
고집(固執)으로
세상을 끌고 간다

말벌이 날아들어
꽃잎을 으깨어도
멍하게 쳐다보고만 있는
하루

진달래를 사랑한 하루
진한 분홍색 곁에
다가가지도 못하고

눈을 감는 꽃잎에
채워지는 아픔으로
생채기를 만들고 있다

역사(歷史)를 만들어야 하는
자신의 책임(責任)도
쌓아가야 할 내일의 기대도
석양 속으로 찌들어가는
진달래의 애환도

못다 한 마음으로
보내야 하는
억울한 마음도

또 돌아올
하루는
같은 자리, 같은 상처로
숨죽여
흐느끼고 있다

[진달래의 애환: 집 화분(2016)]

그리움의 거리

너무 멀다
보이지 않아 더 멀다

목소리를 들을 수 있으면
좀 줄어들까

긴 시간도 그리움을 더하고
시계가 거꾸로 돌면
조금이라도 가까워질까

생각만으로
다가갈 수 있다면
이 긴 밤을 몸에 묶고
하얗게 새워

그 머나먼 거리를
단 한 뼘으로
줄이고 싶다

[빛살의 거리 : 파리, 프랑스(2015)]

한밤의 편지

낮에 볼 수 없는 하늘이 있었고,
다다를 수 없는 거기에는
건너지 못할 오작교가 있었다

꿈속의 한밤에도
같이 있어 달라고
간절한 편지를 썼다

가지 못할 길을 갈 수 있는 길은
꿈속의 길 밖에는 없었다

현실로 인화되어
곱게 곱게
전해질 수 있도록

날이 새면
날아 갈까 봐

새로 생긴 빨간 우체통에
입 맞추며 기도하고 왔다

[꿈속의 오작교: 로드아일랜드, 미국(2004)]

잎새 편지

님이시여,
그곳에도 갈바람은
불고 있겠지요

기다림이 아파
잎새에 안부 적어
갈바람에 올립니다

까치밥처럼
저 꼭대기에 붙어
앙상한 가을만
돌아보는데

세월에 젖고 닳아
실밥만 나풀대는 저 깃발
님께서 떠나시던
가을 잎새를 닮았습니다

님의 모습
잠시 햇살로 다가와
그냥
미안하다는 말만
흘리고 갑니다

돌아올 기약(期約) 없어도
가을밤 중천(中天)에
달무리 지면
그래도
님께선
날 생각하는 것으로
여기겠습니다

시려오는 가을밤에

아직도 못한 말이 많은데
그냥 가려고 하네요

생각지도 않은 하늘이
그렇게도 맑더니만

도깨비 박씨 까듯
몰래 떠날 준비 했나 보네요

밤도 너무 밝고 맑아
네온사인은 눈에
들어오질 않는데

헤어짐은
만날 인연을 가지고 간다지만
다하지 못한 사람들의
변명이겠지요

눈뜨고 나면 사라질
시려 오는 이 밤에
각오는 하고 있지만
다시 올 님을
기다린다는 것은

세월에 목을 매는 일이라
그 세월에
매달 목이라도 있으면
그때는 이 목숨
아깝지도 않을 것 같네요

낙엽에 실려 간 사랑

가느다란 달빛이
머리 위로 넘어오면
달그림자에
그대 모습 아른거립니다

밤 개울에 흘러가는
낙엽 위에도 창백한
그대가 보입니다

속 살 다 버리고
뼈대만 앙상한
느티나무에
긴 머리 가지런히 땋은
그대가
달빛 그네 속으로 비칩니다

진달래 곱게 필적에
잎 없이 피는 진달래가
그렇게 외롭게 보이지는
않았습니다

낙엽 속으로
이 마음 떨어지는 지금
잎 없던 진달래가
그토록 애잔하게
눈앞을 가리고 있습니다

차라리 잎새가
그대에게도 없었다면
낙엽에 실려 간 그대를
조금이라도
잊을 수 있었을 것 같습니다

[잎새 잃은 고목 나무 : 랭기토토섬, 뉴질랜드(2014)]

까치밥

하늘을 벗 삼아
하루를 버티는 사랑

차게도 심술궂은 바람
어떻게든 흔들어 보고 싶다

바람이 스쳐 가는
살갗에는 바늘 침이 솟고

허공에서 님 기다리기
외롭고도 아리다

비바람 속에
날개는 안 젖었을까

북풍 맞은
날개는 괜찮을까

더구나
찬바람에 익어가는
달콤한 내 사랑을
아시기나 하실까

[익어가는 기다림: 보경사(1998)]

벚꽃

벌거벗은 육체로
기다림을 맞는다
모질게 겨울을 버텨야만
환희에 도달할 수 있는 너

험악한 겨울을
사랑할 수밖에 없는 운명
지나간 봄을
지울 수 없도록 사랑하고
속으로 삼켜 우는 너

빈 육체에 맺힌 망울
봄을 노래할까
겨울을 노래할까

사랑은 비켜 가도
운명은 되돌아오는 것

비켜 간 사랑을
길게 기다리고 있는 너

[다가올 사랑: 경주(2015)]

가을비가 머물고 간 자리

감당하기 어려운 가을비가
뭉쳐서 온다

아리다
가을비
진한 잉크다
지워져 가는 가슴 위에
또 갈겨쓰고 있다

한 가지씩 오면
속옷까지 깊이 적셔
한 가지씩 털어내어
말리고 싶은데

따스한 가을은
기대도 않지만
그대가 머물고 있을 때만이라도
곱게 따라 젖어

함께 몰려오니
한 닢, 두 닢
예쁜 치장을 하던 님
길바닥에 퍼져
같이 울며 떠내려간다

고운 님 흘리고 간 눈물
뒤안길 서러워
고개조차 들 수 없는데

너 지나간 자리에
님 향기 가득한
구절초가 내리고 있다

[님 향기 지나간 쓸쓸한 길: 츠쿠바산, 일본(1996)]

유리 달

찬 것이 없어
흰하게 드러내 놓은 유리 속
볼 것도 없는데

유리같이 맑고 깨끗한
우리 저 달님
맑고 깨끗해도
속은 보여주질 않네요

외로움도, 괴로움도,
고독한 여행(旅行)도
창백(蒼白)한 얼굴에
가득 찰 것 같은데

그 속도 내 속같이
타들어가
기다림도 지쳐
지겨움으로 바뀌어 갈 테지요

웃고 있는 그 모습은
다 내려놓고 초월(超越)한
염화시중(拈華示衆)의
미소(微笑)겠지요

지우고, 또 새로 비우고
유리 달이 되더라도

속 비치지 않는 뜻은
고이 간직하고 싶은
님의 눈물이
살아있기 때문이겠지요

[고독한 외로움: 낙동강(2000)]

달님이 지새고 간 뜰

저렇게 맑고 고운 얼굴에도
눈물이 스며 있을까요

귀뚜라미 구슬피
잃은 님 찾아 헤매는 밤
아무도 대꾸조차 하지 않네요

님 지나간 뜰
상사화
달님 보기 안쓰러워
연분홍 얼굴로
고개 떨구고 있네요

달님도 님이 있다면
이토록 아름다운
가을밤에
가련하게 화장하고
나오지는 않았겠지요

소슬바람 다가와
이루어질 수 없는
슬픈 추억이라며
아린 마음
흔들어 놓고 가네요

사랑 감춘 나팔꽃
달님 알까
가만히 이슬로
목 축이고 있네요

달님도
지새고 가네요

[기다림 : 여수 흥국사(2016)]

가을 달님을 사랑한 강(江)

너무도 맑아 애잔한 님
흘러가는 구름 속에
님 얼굴 보이시나요?

귀뚜라미 울음소리에
강가 실버들
달님만 쳐다보는데

일렁이는 물결 속에
눈 부어오른 님이
미소 짓고 있으시네요

저 강물
님이 오시도록
몇 날을 빌고 빌어
눈물 속에 잠겨 있는데
두둥실 가을 달님
잔잔한 님 품에 드셨네요

지나가는 소슬바람
창문에 구멍 내어
님들 얘기 살랑살랑
듣고 있네요

강물 속에 님 겹치니
동전 속의 이쁜 님으로
스며드셨네요

가을 잃은 짝의
조그마한 포켓에
차고 들어
생각 날 땐
그 동전에 서로
입맞춤하겠지요

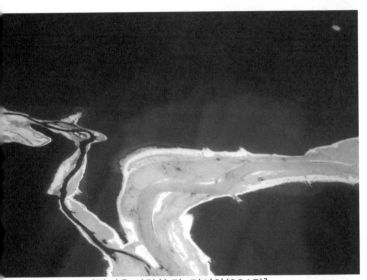

[달님을 사랑한 강: 러시아(2015)]

천일홍(千日紅)

이슬 털고 깨어난
동그란 기다림

외롭기도 쓸쓸하게
하늘을 닮아 가는 님

믿음으로 견디는 하루
몇 번을 죽었다 살아야
만들어 지는 천일

깃털 같은 마음
하루를 다듬고

애가 타 넘어가도
죽어서도 끝없을
님 바라기

변하지도 않는 사랑

천일(千日)의 사랑

[님 바라기: 캔자스, 미국(2016)]

상처(傷處)

생채기에 심은 씨앗

새싹으로 움트고 자라

더 많은 눈물꽃을

매달고 있다

[눈물 꽃 : 순천만 국가정원(2016)]

만남

모질어야
만남이 될 수 있다
익어 터져야
만남이 될 수 있는 기다림은
항상 나를 비켜 간다

어느덧
나의 사람도 비켜 가고
나의 기도도
헛되어 돌아온다

갖고 싶고,
엎히고 싶은 것들도
외면해가고
나에게도
만남은 다가올 수 있을까

푸른 계절에
숱한 만남이 이루어지고
생명이 탄생하고
축복받는 일들에서
무슨 만남으로
푸르게 살 수 있을까

끓는 피를 어떻게
모질게 굴어야
기다림이 익어 터질까

숱하게 끓은 나의 목숨
얼마나
더 모질게 다그쳐야 할까

[만남: 경주(2015)]

햇살 스며드는 담장

간밤에
달님에게 들키지 않으려고
숨겨두었던 나팔꽃 사랑
가을 햇살에
곱게도 미소 짓고 있다

담 밖의 님 보려고
담 타오르는 담쟁이
살가운 햇살이
어깨를 밀어주고 있다

보여야 할 님 자리엔
날개 잃은 이상(理想)만
추락(墜落) 하고 있고

붉은색 담쟁이
못다 한 마음
슬픈 노을 속에
찢어져 멍들어 간다

해 넘어간 담장만이
가없는 담쟁이 눈물
거두고 있다.

[담쟁이 눈물: 창성도(2015)]

길 잘 모르는 사람

길 잘 모르는
사람이 있었더라

다른 사람은 길을 잘 아는데
오랫동안 살았는데도
여행객보다 길을 잘 모르더라

지가 사는 큰길에서도
서울의 골목에서도
길 모르는 것은
마찬가지라더라

올 길 갈 길도 모르면서
맨날 님 기다린다 그러더라

아마
님이 와도 갈 길조차 몰라
허둥댈 것 같다더라

[갈길 모르는 길: 정선(2016)]

115

유월의 능수버들

진하게 화장하고
가녀리게 춤을 춥니다

좀 더 흔들면 님께서
싫어하는 표시로
오해할까

떠나실 때
따라올까
거꾸로 꽂아 두고 가셨지요

눈물로 기다린 세월이
큰 내 만들까 봐

다른 생각하지 말라는
님의 뜻으로
간직해 왔습니다

가슴의 슬픔이
강물 속으로 스며들고

님 바라기로 이 세월들을
차가운 바람에 새겨
봄이 오도록 기다렸지요

님께 흘러가는 이 마음을
비켜가는 마음으로
받아들일까
잔잔한 소망으로
잎새 편지 띄웁니다

멀리 보이는 저 돛단배
행여나 비어 있을까
까치발 들어
적시고 있습니다

[유월의 능수버들: 보스턴, 미국(2003)]

만리장성(萬里長城)

달에서도 보인다는
저 만리장성
내 마음도 보일까

굽이굽이 돌아선
출구 없는 장막(帳幕)

정상(頂上)에 세워져
사방이 확
뚫어져 있을 것 같은데

망망하게 양쪽은
돌벽으로 막혀져 있다

저 돌벽이
허물어지려면
까마득한 세월이
걸리고 걸릴 텐데

어떻게 뚫어
이 마음 전해 볼까

[마음을 전달하는 파랑새: 강화도(2014)]

은행잎을 기만한 가을

은행잎은
바래져 가는 청춘으로
떠나간 님을
품속에 넣어 앓고 있다

노란 잎새 되어
떨어질 때
같이 있을 거리고
잘 살아왔다고
사랑한다고
온 천지에 고하기도 했다

낙엽 되어 뒹굴 때
간직했던 사랑은
뻥 뚫린 가슴속으로
사려져 갔다

찬바람은
뚫어져 버린 심장을
연처럼 날리고 있다

[심장 뚫린 연: 로드아일랜드, 미국(2003)]

주인 없는 사랑

연처럼 흔들리며
새를 쫓아내던
허수아비의 끈이
끊어질 때
놓아버린 사랑은
바람에 실려 가버렸다

쥐고 있던 사랑은
세월이 채어 갈까 두려워
포켓 속에 넣어두고
만지작거릴 때마다
따스한 가슴은
여기에 있노라고
대답하던 그대

놓아버린 사랑은
매미의 통곡 소리보다도
더 오래
내 귀를 찢고 있는데

주인 없는 사랑으로 날아가다
미루나무에 잡혀
오가지 못하고

알 수 없던 사랑을
장난 같던 사랑을
곱씹어 보고 있다

[연날리기 : 로드아일랜드, 미국(2003)]

갈바람

내 님 사랑
갈바람 사랑

갈 때도 말없이 가고
기약 없는 기다림만
간 바람에 실은 사랑

심장(心臟) 잃은
허수아비 뼈대에 걸친 사랑
갈바람에 젖어 울고

강가 갈대
숨죽여 흐느낄 때

떼 잃은 외기러기
서산을 넘어 간다

갈바람에 얹어 싣고
님 맞으러 나설 제
애 짙게 펼쳐진 석양(夕陽)
님 가리고 뒤돌아 앉아

더디오는 갈바람을
눈 흘기며
빤히
바라보고 서 있다

[기약 없는 기다림: 낙동강(2000)]

제목 : 갈바람
시낭송 : 박영애

스마트폰으로 QR 코드를 스캔하면
시낭송을 감상할 수 있습니다.

여섯 : 바람

물 주기 게으른 자 꽃을 키우지 마라

고귀함을 모르는 자
생명을 키우지 마라

시드는 생명 옆으로
비켜 갈 수 있는 자
생명에 손대지 마라

자신이 만든 화분에
물 줄 수 없이 바쁜 자
향기를 논하지 마라

꽃을 보기만 원하는 자
꽃에는 손대지 마라

향기의 원천을 모르는 자
절대로 꽃에 다가서지 마라

꽃잎이 떨어질 때
마음에 파문이 일지 않은 자
향기를 맡으러 들지 마라

[생명에 손대지 마라:
플라워파크, 일본(1996)]

물 주기 싫은 자
더 이상
더 생명을 논하지 마라

제목 : 물 주기 게으른 자
꽃을 키우지 마라
시낭송 : 박영애
스마트폰으로 QR 코드를 스캔하면
시낭송을 감상할 수 있습니다.

125

태양(太陽)의 길로 가라!

고집(固執)이라고
말하지 마라
뜨거운 태양(太陽)
속으로 가라

당신의 열정(熱情)보다
더 뜨겁겠는가
태양의 길로 가라

태양이 길을 헤매고
있는 것을 본 적이 있는가
태양이 자기의 일을
하지 않고 있는 것을
본 적이 있는가

태양의 길로 가라
자기의 빛으로 세상의
생명을 기르는
그 존엄(尊嚴) 함을 보라

구름이 길을 막아도
화내지 않는
그 성숙(成熟) 함을 따라 가라

뜨겁지 않게 살고 있는
당신들에게
어떻게 살아야 함을

미지근하게 살고 있는
당신들에게 익혀야 할 마음을

차갑게 살고 있는
당신들에게 정(情)의 의미를
스며들게 할
태양의 길로 가라

태양은
어제의 일을 탓하지 않는다
언제나 공손(恭遜)함으로
찾아 들어 당신들에게
오늘을 선사(膳賜) 하고,

오늘을 끓이고 담아
지금에 집중(集中) 하여,
또 다른 내일을 맞으라
명(命) 할 것이다

태양 속으로 가라
뜨거운 태양 속은
당신을 삶기보다는
움직이지 않고 머물러 있는
당신의 게으름을
우유부단(優柔不斷) 함을
태워 버릴 것이다

태양은
그 높은 곳에서 당신들의 길을
해거름이 일 때까지 비춰주고
있을 것이다

태양(太陽)의 길로 가라!

[태양의 길: 파리, 프랑스(2015)]

제목 : 태양의 길로 가라
시낭송 : 박영애
스마트폰으로 QR 코드를 스캔하면
시낭송을 감상할 수 있습니다.

새로운 시작

바다 위를 떠오르는
태양의 용솟음을
빈 배에다 싣고 떠난다

차가운 바람이 얼굴을 스칠 때
지난날 새겨져 있던 상처들이
꿈틀거리기도 한다

태양의 분노로 온 천지가
갈라질 때
요구되는 땀으로
생명을 지키리라

기쁨과 슬픔은 잊지 않고
빈 배에 밀려오고

뿌렸던 씨앗으로부터
스스로가 감격스러워질 때
더 실을 수 없는 만선이 된다

새싹이 돋고 꽃이 피어
풀피리 소리도, 종다리 소리도
가만가만 빈 배를 채워 온다

또다시
끓으며 솟아오를
이 마음을 간추리며
지긋이
배를 비워야 할 때를
챙겨본다

비가 신록을 불러와
온 천지가 내 것이 될 때
청춘의 노래가 흘러나오고

[새로운 출발: 2018 새해 일출(2018)]

물길

태초에 몸이 생기고
길을 찾기 시작했다
하해 같은 품속
사랑을 잉태하고
대지의 핏줄
생명을 키운다

막는다고 막힐까
서고 싶다고 서질까
긁히고 할퀴어도 그 속
깊이 알 수 없고
길손 만나 즐거운데
마음 줄 시간 없다

보이지도 않는 먼 곳,
편한 곳이라 머물지 않고
늦은 길이라 재촉 않고
노래 부르며 간다

맞 손잡고 재우고 싶어도
떠나는 길 막지 말라며
가다가 모진 놈 만나면
둘러 갈 거라 걱정 말라 한다

지나온 길 돌아보지 않고
살며시 스며들어
깊은 마음을 품고서
서두르지 않아도 언젠가는
도달할 그곳
새 길 만들며 간다

낮추고
가다듬어
멀고 멀어도
나의 길을 가야 한다

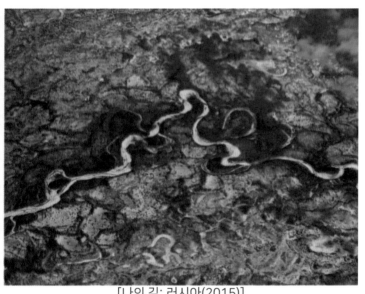
[나의 길: 러시아(2015)]

지리산(智異山)

세 곳의 땅을 일으켜 세운
뭍 최고의 천왕봉

지혜를 심어
인간을 만드는 님

낙동강, 섬진강을 틔워
12 동천을 만들고
99개의 골을 만들어
삶의 굴곡을
대신해 주는 님

노고의 운해
피아골 단풍
반야의 낙조
벽소령 명월
천왕봉 일출을
인간의 손이 닿지 않게
멀리 띄워 놓고
둘레길을 돌아
심성(心性)을 배우라고
호령하는 님

자유와 생명이
공존하지 못해
치 떨리도록
아픔을 간직한 님

알지도 못하는 이데올로기
품에든 생명
온몸으로 막아 통곡한 님

쫓긴 자들을 속에 넣어
핏빛 단풍으로
한을 풀어내는 님

과거와 현재의 고통으로
숨 못 쉬는 님

끊어질 숨 막힘으로
화해(和解)를 꿈꾸는 님

[산의 고뇌: 알프스 산맥(2015)]

제목 : 지리산
시낭송 : 박순애
스마트폰으로 QR 코드를 스캔하면
시낭송을 감상할 수 있습니다.

현재에는(Present)

현재는 과거를
밑거름으로 서 있고
내일을 바라보고 있다

과거에는
수많은 나의 시체들이
묻혀있다
그냥 화장도 하지 않고   또한,
묻어 버려   나의 모든 능력 모두를
혼이 되어 항상 나의 주위에   지금에 갖다 붓고
맴돌고 있다   할 수 있는 일은 다해야 한다

또, 잘못하면 어떻게 하나   내가 할 수 있는 것은
비 오는 날이면 항상 찾아오는   오직,
비웃음의 저 영혼   오늘에 집중함으로써
                            어떠한 내일이 온다 하더라도
과거의 시체로   두려워하지 않고
새어나갈 틈 없게   받아들일 수 있는
콘크리트 벽을 만들고   나를 만드는 것이다
내가 가진
정신적인 것, 물질적인 것   지금이 더없는 선물이기에

*Present : 지금, 현재, 선물, 출석의 뜻을 지님

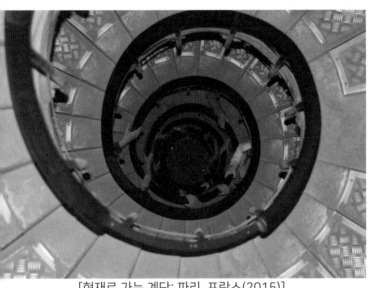
[현재로 가는 계단: 파리, 프랑스(2015)]

신록 찬사(新綠讚辭)

가진 것 없이 훌훌 떠났다.
다시 올 수 있을까
하는 바람으로

돌아오는 길은 참 멀고도
험했다.
자연의 섭리라는 말만으로
그냥 돌아올 수 있는
길만은 아니었다.

작은 움이 터서
새로운 아침을 맞는다는 것은
견뎌 나온 환희의 눈물

나를 지워 뭉쳐진
터질 듯한 꽃망울

텅 빈 마음에 들리는
저 새소리는
더 넓은 곳으로 향하라는
자연의 언질

싹이 자라 만든 내 청춘은
빛조차 스며들 수 없이
꽉 차서 펄럭이고 있는데
목에서조차 뚫고
나오지 못하는 절규
수그러들
신록에 대한 두려움인가

신록은
들끓는 심장 소리의 화답
무엇이 두려워
날기를 주저하는가

이 검은 세월을
기다리고만 있을 것인가

[신록의 거리: 베르사이유 궁전(2015)]

간판(看板)

가꾸고 치장(治粧) 하여
나를 팔기 위한 것

더러는 과장(誇張) 해야
잘 팔릴 수 있고

자신감이 있어야
포장(包裝)이 가능한 것

겉과 속이 다르면
예쁘고 아름다워도
제 역할(役割)을 못하는 것

심지어는
그럼, 간판은 왜 달아
놓았냐고 호통을 당하고,
반품(返品) 당할 것

진정(眞正)으로
팔릴 수 있게
정성(精誠)을 다하여
나를 다듬는 것

[자신감: 파리, 프랑스(2015)

해를 삼킨 달

뜨거움

강력한 힘

절대(絶對) 지존(至尊)

차가움

냉철(冷徹) 함

경작(耕作) 하는 이성(理性)

세상만사(世上萬事)

그 어디에도

절대(絶對)라는 말은

절대적(絶對的)으로

존재(存在) 하지 않는다

[집중: 맨체스터, 영국(2014)]

콜로세움의 모순(矛盾)

원(圓)
시작도 끝도 없는
무한대
모난 곳 없는
어우름

평등, 자유

비인간적인 윤리

살아나는 왕정

태양,
기울어짐 없는 지존(至尊)

계층에 따른 자리

지존을 위한 억압

콜로세움
외적인 원형
내적인 갈등

일그러진 원형(圓形)

죽여야

파손된 콜로세움

살 수 있는 공포
유지되는 공화정

[그물속의 자유: 바티칸(2010)]

불꽃

살아 있어야 피는 꽃
정열(情熱)을 기름으로 타는 꽃

조그만 희망(希望)이
씨앗 되어
피어올라
비바람을 태우고

뜨거움이 다하면
생명(生命)을 잃는 꽃

강렬한 외침으로
수그러들지 않는
온 힘을 다하는
용기(勇氣)를 가진 꽃

인내(忍耐)로 지키지 못하면
추스를 수 없는 영혼(靈魂)

누구의 가슴에도
타올라야 하는 염원

타는 속을 끌어내어
밖에서 더 뜨겁게 일어서는
지혜(智慧)의 본능(本能)

캄캄한 밤이 있어
더욱 빛나는 꽃

뜨거워 갖지 못하더라도
항상(恒常)
내 마음에 피어 있어야 할 꽃

[정열의 불꽃 : 자카르타 상징, 인도네시아(2014)]

제목 : 불꽃
시낭송 : 박영애

스마트폰으로 QR 코드를 스캔하면
시낭송을 감상할 수 있습니다.

등잔(燈盞) 불

두 개의 뿔에
도깨비가 찾아들고

달빛보다
반딧불보다
애타는 속

치오르는 해에
눈썹이 그을려지고
마음조차 그슬릴까
흔들리는 불꽃
그 마음 아려온다

까만 초가집엔
별이 찾아들어
아이의 어깨 위에 앉고
눈에는 희망이 스며든다

기름 냄새
코머리를 난도질해도
그 아이
미래의 향기 삼아
기나긴 겨울 여행을 떠난다

---

*해 : 등잔에서 나오는 그을음

[희망: 속초(2016)]

흘러가는 모든 것은
진정(眞正)으로 아름다웠네라

흐러간다는 것,
성숙(成熟) 한다는 것을 말하오

시간이 흘러 어른을 만들 듯
아이가 흘러 또 새 생명(生命)을 흐르게 한다오

기다림이 흘러 그리움을 만들고
봄이 흘러 꽃을 만들 듯
가을이 흘러 낙엽(落葉) 꽃을 만든다오

파란 잎새가 세월을 따라 흘러
온몸에 색칠하고
잡지 못 한 님의 얼굴이 가을 바다에 흘러들어가
달님처럼 동그랗게 당신을 그리고 있을 것이오

꽃다운 청춘(靑春)이 흘러감을 탄하지 마오
꽃잎이 물 위에 떠 흘러가고,
낙엽 꽃이 떨어져 물 위에 앉아 같이 가매
뭐가 그리 안타깝겠소

흘러가지 않고 머문다는 것은
썩어감을 말함이니, 움직여 흘러가오

젊음이 머무르면 상처(傷處)를 쌓은 일이요,
흘러가 고이 익으면 그것이 내 삶인 것을

흐르지 않는 것이 있거든 토닥토닥 토닥여서 흐르게 하고,
위를 보고 흐를라거든 넘쳐흐름을 알려 주오

물이 흐르는 것은 삶이 흐르는 것, 답답하다고 막지 말고,
가다고 고이면 친구처럼 같이 가서 이야기하며 흘러가오

밤바다에 도달하면 길 잃지 않게 비춰줘서 고맙다고
별님께 인사하고,
곱게 흐름에 장애 없듯이 더불어 흘러 아웅다웅 같이 가오

흐름은 또 다른 흐름을 불러 평생(平生)
벗으로 웃고 울고 지내가오
흘러가는 모든 것은 진정(眞正)으로 아름다웠네라

[흘러가는 것: 무주구천동(2015)]

반딧불

넘쳐흐르는 지식(知識)
다 채워지지 않는 욕심(慾心)
가둘 수 없는 한계
남아도는 미련

채울수록 녹아드는 지혜(智慧)
비울수록 빛나는 밝음
다 채울 수 없는 겸손(謙遜)

욕심으로 밝히기 힘든 어둠
비우는 겸손으로
밝힐 수 있는 밤

깜깜한 하늘에
희망(希望)을 그리는 빛

빈 마음으로 미래(未來)를 심는
꺼지지 않는 불빛

지식으로는 만들지 못하는
산 자(者)의 등대(燈臺)

[산 자의 등대: 제주(2013)]

유니콘(unicorn)

삶

염일 방일(拈一放一)

가진 것 뿔 하나

내놓을 뿔

가질 것 하나

지혜(智慧)

[무념무상, 츠쿠바, 일본(1997)]

*염일 방일(拈一放一) : 하나를 쥐고 있는 상태에서 또 하나를 쥐려고 하면 이미 손에 쥐고 있는 것까지 모두 잃게 된다는 고사, 하나를 집으려면, 반드시 하나를 내어 놓아야 한다는 말
*유니콘(unicorn) : 전설상의 뿔 하나 가진 하얀 말의 모습을 한 신성한 생명, 모든 능력은 뿔에 감춰져 있다 함

가을 여행(旅行)을 떠나라

글이 모이지 않고
도망(逃亡) 다니거든
가을 여행을 떠나라

가슴이 막혀
통(通) 할 수 없으면
가을 여행을 떠나라

가는 길에
어깨에 무거운 짐이 누르거든
하나씩, 둘씩 접어
이 가을에 묻어라

님이 그리워
가슴 아리면
가을 여행을 떠나라

그리고,
가을 하늘에
내려앉아 있는
겸손(謙遜)을 배워라

숨이 막혀
앞이 보이지 않으면
가을 여행을 떠나라

돌아오는 길에
손 하나 남아 있으면
가을 달같이 맑은
희망(希望) 하나
주워 오라

150

[안개의 여신: 나이아가라, 미국(2003)]

콘도르(condor)

간지럽던 어깨에
날개를 달고
절벽 위에 섰다

뛰어 내림으로써
생명(生命)이 가동되고
맑고 더 넓은 창공(蒼空)을
뜻대로 누벼보리라

삶이
꼭 어려운 것이 아니라
비상(飛上) 할 때의
뿌듯함

고독(孤獨)을 얹어 싣고
외로움을 날개에 달아
하늘이 비좁도록
날아올라 보리라

창공을 맴도는 여유(餘裕)
파란 희망(希望)도
따스한 가슴으로부터

먼 창공의 끝에서
흘러가는 세월을 찾아보고
가야 할 길을
직 강하(降下) 하여
그 짜릿함도 느껴보리라

나온다는 것을

정녕
몸으로 부딪혀 보리라

*콘도르(condor) : 남미 안데스 산맥의 바위, 절벽 등에 서식하며 먼 거리를 활공하는 콘도르과의 큰 독수리, 페루의 정신적인 지주 역할을 함, 사이먼&키펑클의 El Condor Pasa(엘 콘도 파사 : 철새는 날아가고)로 널리 알려짐

[날아야 할 여신: 바티칸(2010)]

제목 : 콘도르
시낭송 : 박영애

스마트폰으로 QR 코드를 스캔하면
시낭송을 감상할 수 있습니다.

빈 하늘

무한대의 지름으로 펼쳐진 터
간혹 허망한 꿈만 구름 되어 지나가고
저 넓은 곳에 멋진 그림 하나 그리고 싶은데
빈 머리가 깡그리 말라버렸다

그린다 하더라도 남길 것이 없어
한켠에는 나의 역사를 그려보고
그 옆에는 잡지 못한 세월의 아쉬움을
지금의 얼굴과 함께 붙여넣기도 하고 싶다

자신의 사고에서 벗어나지 못하는
비좁은 틈새
얽히고설킨 똬리 풀릴 길조차 안 보이는데
말없이 내려 보고 분풀이는 다 하라고 한다
하 많은 삶, 비빌 언덕 무너진 삶,
하소연할 곳 없는 삶
사람 마음으로 채우면 금방이라고
차고 넘칠 것 같은데
저토록 가만히 보듬고 있다

빈 삶을 안아주는 저 빈 하늘

그려 넣고 채워도 넘치지 않음은
마지막 잎새가 봄을 기다리고

얼음 밑에도 흘러가는 물이 있어 생명을 잉태하듯

인고의 정점도 물수제비처럼 가만히 가라앉을 것

허기진 삶 더 크게 열고 보라는 마음 받이는 아닐까

[빈 하늘: 여수(2017)]

가을이 전하는 말

수십 번 스치고 지나가도
왜 사느냐고는 묻지 않았다

또한 왜 그리 아파하는지도
묻지 않았다

올가을은 느닷없이
잘 지내느냐고 물었다

석양은 아름답지만
외롭고 많이 아프다고 답했다

다 못한 사랑의 열매는
시면서도
떫은맛이 나는 거라고

욕망은 생명(生命)을 요구하고
희망은 노력(努力)을 요구하는 것

깨끗하게 남아도는 눈물
희망을 만들고

애타도록 모자라는 이슬
갈 길 아프게 저려 온다

가을은 이슬을 만들러 오지
결코
눈물을 만들러 오지 않는다

[가을 발자국: 제주(2015)

해무(海霧)

커다란 용의 얼굴로
바다에서 태어나

이 산,
저 산들을 다 삼키고도

채우지 못한 속을
그렁그렁 한
욕심으로
흥분된 눈을 부라리며
찾고 있다

해가 뜨면
뼈도 추스르지도 못할 놈이
천하를 모르듯 설치고 있다

삼킨 것도 뱉어 내야 할 것이
많을 것 같은데
진작 저놈만 모르고 있다

시간은 저토록 빠르게 흐르고
한 번쯤은
뒤돌아 볼 만도 한데
자신을 생각할
자그마한 여유도 없다

아직도 계속되는 장마에
해는 떠오르지 않을 것으로
생각하는 거겠지

[산을 삼키는 안개: 황산, 중국(2015)]

달의 일생(一生)

일생 동안 자신의 뜻대로
단 한 번도
살아보지 못하는 삶

스스로 가진 것 없으나
면경(面鏡) 같은 마음으로
남김없이, 아낌없이

속눈썹으로
가련하게 태어나
동그랗게
보고 싶은
님의 얼굴 그려보고
님이 오는 반대 길로
아픔을 삭이며
돌아서 간다

깜깜한 어둠을
걷어내는 삶을 살아간다

창백한 얼굴로
님 쳐다보는 것조차
한스럽고 가없다

[달의 외로움: 파리, 프랑스(2015)]

158

안개와 구름

보일 듯 말 듯 다가서는 현재(現在)
눈을 가로막는 아집(我執)

드러나는 살가운 미안함
천지를 뒤덮어
새어 나갈 수 없는 틈새

눈 막히고, 마음 막히고
깜깜한 눈, 정신 막아

물러날 줄 아는 지혜
감당할 수 없는 뻔뻔함

때 놓치는 아둔함
떠가는 미래(味來)

겸손으로 다가서는 삶
염치없는 가식(假飾),
버텨 나가는 삶

흘러가는 허상(虛象)

[안개와 구름 그리고 산 : 장가계, 중국(2015)]

고집(固執)

내 것이었던가

부르지도 않은 때에 나타나서
난도질을 한다

버릇도 없고
말도 들으려고도 않는

매질로 다스려도
꿈쩍 않고

한길 가운데
큰 바위와 같은

그렇다고
마냥 미워할 수도 없는 놈

그러면서
내가 아니었으면
지금의 당신이
있을 수 있었을까 하고

[외로운 고집: 순천만(2016)]

춘란(春蘭)

애타는 고독

발길 싫어 숨은 깊은 산속
빛을 피하며 산다

외로움을 달빛과 얘기하고,
서러움을 별빛에 섞어
속으로 울어
향을 지운다

지나가는 기다림
새로운 아침에

또다시
지친 꽃대를 세운다

[기다림의 뜻: 제주도(2017)]

겉으로 물드는 낙엽

떠날 때를 준비한다는 것
깊게 살아왔다는 것

속은 썩고, 메말라도
고운 색으로
아름다운
눈물을 만들어야 한다

사랑도
설키고 헤어지더라도
섧지 않도록
가만히 가을빛으로
물들어져야 한다.

[차가운 가을: 보스턴, 미국(2003)]

일곱 : 산다는 것

딸에게

딸아, 너는 참 맑은 날 태어났다
네가 태어난 오월은 더욱 푸르렀고,
금낭화가 만발해 있었단다
네가 소리 없이 자랄 때
잘 달래지도 업어 줄 줄도 안아 줄 줄도 몰랐었다

항상 타지에서 커가는 너의 모습은
애달프고도 서러운 듯 보였다
이 세상은 어디에도 달콤한 사탕이 없다는 것을
스스로 알았을 것이다
이율배반적으로
너는 달콤한 사탕을 찾기 위해
그렇게 쓴 시간을 보냈을 것이다

무언가 눈에 보일쯤에는
잡힐 듯 잡히지 않는
신기루 속에서
또한 처절한 고뇌와 뒤섞였을 것이다

이 신기루는
너에게는 새로운 희망으로 보였을 것이다
거꾸로 보이는 세상은
거꾸로 서야만 바로 보이 듯
너는 세월을 거꾸로 삼아
새로운 세계로 뛰어 들어갔다

너의 용기에 응원을 보낸다
타국에서의 삶이나
국내에서의 삶이나
시간은 항상 너를 앞서갈 것이다

그래,
시간이 짓이겨 너의 일을 못 다하는 것보다는
시간과 나란히 가는 것도 나쁘지 않다고 생각한다
아프고도 서러울 시간이면
동반자와 같이 가는 것도
너의 발전에 도움이 될 것이다

단,
이제 두 사람이 새 가정을 이루며 공부하려 할 때
무엇보다 배려가 앞서야 한다
몸을 낮추어 겸손하게 물길이 흐르듯 순리에
따라 나아가야 한다
부부간의 잘못을 논하는 것은 참 작은 마음에서 나오는 일

제목 : 딸에게
시낭송 : 박영애
스마트폰으로 QR 코드를 스캔하면
시낭송을 감상할 수 있습니다.

현재에 고달파하기보다는
추운 겨울을 겪어야만 예쁜 꽃을
피울 수 있다는 진리를 가슴에 담아라
미래, 현재, 과거 중에서 가장 중요한 것은
현재라는 것을 잊지 말고
지금에 최선을 다하는 삶을 살 거라

그리고,
잘 살아야 한다

[이쁜 딸 : 결혼(2017)]

강나루

나루엔 사람도
배도 비어 있다

갈대 슬피 우는 강가
노 만이 갈지자(之)로
속을 파고 있고

굳이 사람 수를
헤아릴 필요도 없고
얼굴 아는 사람도 없다

가야만 하는 그 곳
앞선 마음만 먼저 닿아

혹 가다 빈 배엔
왜가리 한 마리
목 놓아 울고 짖을 뿐

서지도 않는 배
떠나온 항구만 보며
돌아갈 석양을
기다리고 있다

같이 떠날 사람 없어도
흐릿한 안갯속으로 들어간다

[빈 강나루: 낙동강(2000)]

제목 : 강나루
시낭송 : 박영애
스마트폰으로 QR 코드를 스캔하면
시낭송을 감상할 수 있습니다.

이렇게도 고운 아침에

아침에 이런 눈물을 흘려 본 적이 있는가

눈물은 말라가는데
글은 낙엽처럼 날아다니고
머리에 착륙하지 않는다

이런 적이 있었는가
앞만 보고 달려오면서
빗물이 몸을 차고 들어온 것만이
최고의 카타르시스로 담고 왔다

이 아침
내가 살아 있다는 것이 너무 감사하고
온몸이 마비되어 오는 이 격정의 감정은
달려가는 시간 앞에도 풀릴 줄 모른다.

아!
삶이 이렇게 감격적일 줄이야
아!
물들어 가는 잎 새의 외침이
이렇게 와닿을 줄이야

아무 일도 손에 잡히지 않는

이 아침에

그저

가슴에 흐르는 가을에 함께 실려

마음이 머무는 곳에서

바싹거리는 낙엽 소리에 정신 줄을 놓고

눈물이 심장으로 스며들도록

마냥 던져 놓고 싶을 뿐

[이렇게도 고운 아침 : 캠퍼스(2017)]

물수제비

잔잔하고 조용한 가슴에
파문이 일고
어디까지 번져 갈 것인가를
빈 머리에 채우고 있다

멀리, 크게 만들고 싶은 파문은
금세 가라앉아
전하지 못할 마음으로
가라앉고 만다

응어리진 많은 것들
또, 돌아앉을 남은 미련에
보내지도 못할 마음을
물수제비 위에 띄우고

일렁거리는 물 위에
물수제비를 띄운다는 것은
퍼져나갈 파문보다
다가서는 회한의 후회가
가라앉는 돌 위에서
거품으로 일어난다

그냥
가라앉기를
바라는 마음으로
그려나가는 동그란 옛날을
흐린 초점으로
지켜보고 섰다

[꿈: 국가정원(2016)]

일그러진 시계

태초에 그것은
나의 것이 아니었다

달려가는 시간의
꼬리를 잡은 채
이끌려 갔다

노예 부리 듯
온몸이 짓이겨지도록
부려 먹었다

언제부터인가
나의 주인이 된 놈
사정없이 피가 난 곳을
새겨가며 후벼 파고 있다

벗어나야겠다
더 이상 고뇌에 나를 지키기
위해서라도

원래는
나를 깨워주고 안아주는
참으로 고운 주인이었다

차츰 미래에 대한
잔소리를 시작하더니
아예 손아귀에
잡아넣은 지 오래다

챙챙 감겨진 그물망 속에서

모든 것을 내려놓고 비워
빠져 나와야 한다

일그러진 저 시계처럼

[자유를 찾아: 파리, 프랑스(20

들국화 스미는 언덕

가파른 언덕
바닷바람과 싸우며

그 향으로 이겨 나가는
마음이 다가온다

희망이 절벽으로 떨어져 버린
삶에게도

절벽에 한 손으로 매달려
아우성치는
가녀린 새끼 소나무에도

절벽 둥지에서
엄마를 기다리고 있는
아가에게도

고향의 향을 스미게 한다

아픔도
기다림도
탯줄에서 시작되는 것

세월도
고향이 있다면
그 향기 한 번 더
찾으러 들지 않을까

[절벽 위의 새끼소나무: 센다이, 일본(2010)]

이정표(里程標)

가야 할 곳
지도에는 없는 곳

가다 보면 나올까
어디쯤 가고 있을까

헐헐대며
도착한 곳
쉼터인가, 목표(目標) 인가

가보자
이 곳이다 하는 곳으로

안갯속의 카오스

찾을 수 없는 도착지
쉴 곳 없는 항해(航海)

머물고 싶은 내 자리
어디에도 없는 내 자리

[날 저문 항해 : 여수(2005)]

*카오스 ([그리스어]chaos) : 혼돈이나 무질서 상태

하얀 여름

저수지 바닥
하얗게 갈라져

농부 마음
하얗게 태우고

들판의 초목
하얗게 비틀어져 간다

님 못 찾은
매미 저토록 울어
하얗게 지새고

잠든 사람
하얗게 띄워
누룩을 만든다

구름도 목이 말라
제 갈 길 가지 못하고
남아 있는 마음마저
하얗게 만들고 있다

하늘은
열병으로
혼(魂) 조차 하얗게 벗어
겨울인 양
눈동자를 흐리고 있다

[화난 태양: 여수(2017)]

가을이 주고 간 선물

삶이 그렇듯
고운 길로만 가고 싶다

어려운 길은
마음이 없어도
저절로 가게 되어 있고

고운 것은 잡으려 해도
잡히지도 않을 사
나쁜 것은 버리고 버려도
주인을 찾아온다

가을은
머무르는 것이 아니라
살을 찢는 아픔으로
이별을 선물하고
그리움을 벌로
메운 채

가을은 님같이
곱게도 붙어 있다가
정 들것이 두려워
텅 빈 둥지만 남기고 간다

사랑이 뒤돌아 보기 전에
갇혀있던 틈새를
눈물 없이 떠난다

[가을의 기원: 여수 용월사(2018)]

달빛 속의 아지랑이

달빛이 아지랑이에 꺾여
비 오듯 흘러내리고

낮에 흔들리던 꿈은
깜깜한 거리의 모퉁이에서
낙엽과 뒹굴고 있다

보채는 가을 속에
낙엽도 뜬구름처럼
정처 없이 흘러가고

꿈을 꿈속에서 찾는다는 것이
천진(天眞) 한 인간의
뜻이기는 하련마는

길 못 잡은 달빛만 외로이
일렁이는
개울 속에 빠져
흐느적거리고 있다

고운 꿈은 천사의
날개를 달고 있어
다가오기에는
정말 꿈같을 것 같아

꿈속에 보이던 꿈은
달빛 속 아지랑이에 가려
보이지 않고

진정코
거두지 못 할 현실(現實)의
아른거림일까

[낙엽의 반항: 여수 갯가길(2017)]

나이아가라 폭포

시내가 흐르다
끝없이 내리뛰어
다가갈 수 없도록 만든
하얀 물보라 왕국

무지개다리를 머리에 이고
안개성으로 여신이 들어간다

많은 신비함으로 마음을 숨겨
눈앞까지 안개를 만들고
신부 같은 부끄러움으로
부드럽게 차갑게
속을 파고들며
쳐다보길 부끄러워한다

하얗게 뒤덮은 역 포물선
아무도 들을 수 없는 그 절규는
고고히 버텨온 자존의 외침인가

다가서기를 거부하면서도
무지개를 만들어 손짓함은
태곳적 고독
그리움
기다림을 말하려는 건가

안갯속을 휘젓고
도도히 나는 저 갈매기
꿈을 꾸는가
그림을 그리는가
꿈에도 볼 수 없는
여신을 그리는가

[나이아가라: 야경, 미국(2003)]

꿈속에도 쓰는 시

5일장에 갔다
내가 사고 싶었던 것은
모두 팔려 나갔다

남은 것들로
이래저래 맞추어 봐도
참 잘 맞추어 지질 않는다

마음의 명령대로
손만 움직이면 된다고 하는데
마음은 어디 가고
손끝에는 피멍만 남아 있다

날아가는 저 나비만
잡으러 들고
나비가 지나간 자리
글씨는 보이지 않아

멍한 머리 뒤 튕기며
저린 두 발을 질질 끌고
오갈 수도 없는 길을
쳐다만 보고 있다

[빈마음: 여수 엑스포(2012)

카오스모스(chaosmos)

불혹(不惑)

믿기지 않는 말

가녀린 바람에도

흔들리는 심지(心志)

카오스

쇠막대기 심지(深志)를

박아야 할

중년(中年)의 삶

중천(中天)의 태양

흔들림 없는 그림자

카오스모스

도착하고픈

삶의 항로(航路)

[질서 : 루부르, 프랑스(2015)]

*카오스모스 (chaosmos←chaos+cosmos)
[명사] 혼돈 속의 질서.
카오스(chaos) : 혼돈
코스모스(cosmos) : 질서와 조화를 지니고 있는 우주 또는 세계.

허수아비

휑한 들판에서 서서
뜻대로 한번
움직여 보지도 못하고
책임인 양
먼 산만 바라보고 있다

얼굴의 절반이 눈알인 채로
주걱 같은 코는
흐르지 않는 기둥 시계의
끝에 닿아 있다

시커먼 이를
아래위로 내놓고
금방이라도
오는 새 놈들 쯤이야
다 삼켜버리고 싶다

이젠,
부는 바람에 밀짚모자 타고
아무런 의미도 잡지 못하는
이 황량한 고독에서
벗어나고 싶다

머리에 앉은 새 조차
내쫓을 수 없는
자괴감(自塊感)

홀라당 벗긴
십자 뼈대

[날고 싶다: 주남 호수(2015)]

녹차(綠茶)

머금은 진주는 햇살을 타고
마음속 깊은 곳에 자리한다

고요한 움직임
화두를 찾음인가

산사 깊은 곳에
가부좌를 틀고 앉아
사람들의 염불을 엿듣고 있다

찻잔 속에 석양이 젖어들고
새가 물고 있던 진주는
떠나갔던 님처럼
가슴속으로 사라졌다

고향의 따스함이
정한수에 녹아들고
먼 곳 어머니의 향이
찻잔 속으로 스며든다

아무것도 없었던 듯
차(茶)는
그렇게 또
상념(想念)을 가라앉히며
보름달을 어깨에 지고
별빛을 눈에 담아
고요한 창을 닫고
까치의 울음소리를 기다린다

벗은
많이 아팠느냐고
눈으로 말하고
차가 목으로 넘어가다
울컥함에
비켜 앉아 지난 일을 삼킨다

[녹차 밭; 보성(2013)]

사람 냄새

할무이, 감기 들었다 카더니
잘 주무셨읍니꺼?
오냐, 니는 잘 지내노?

할부지,
저가 좀 들어 주까 예?
할배라고?
아직 남은 것이 힘밖에 없는
청년이다
허 참, 고맙꾸로

아지매, 달래가 고 3 이지예?
열씨미 잘 합니꺼
응, 문디가시나,
지가 한다꼬 한다

아재, 우짭니꺼
아지매가 먼저 가시삐서,
밥은 잘 챙겨 드시능교?
이리 오이소
삼겹살하고
소주 한 빙 가 왔습니다.

성님, 논이 쩍쩍
갈라지삐서 우짭니꺼?
하늘도 화가 단디 났는
모양이네 예
냇가도 빠짝 말라비맀고
그래도 이런 사람 냄새는 나는
여기가 좋지 예?

사람 냄새는 정과 눈물로
만들어지는 치자꽃 향기랍니더

[사람 냄새 맡고 싶다 : 지리산(1999

가을 잡이

낙엽이 우는 소리
바다가 보이는 오솔길

눈이 시리도록 맑은 바다
단풍으로 채색된 범선의
굴뚝엔
걷지 못하는 가을이 걸려있고

기다림의 고뇌
눈물을 담은 동백
실눈 뜨듯
아픈 꽃을 열고 있다

절벽 위 등대
잡다 놓친 가을
초점 없는 눈으로
멍하니 바라다보고 있고

소주 한 잔만으로도
취해 버릴 가을

잔잔한 물결 위
아른거리는 님
시몬을 기다리고 있다

[절벽 위의 등대 : 여수(2017)]

제목 : 가을 잡이
시낭송 : 박영애
스마트폰으로 QR 코드를 스캔하면
시낭송을 감상할 수 있습니다.

살풀이

하얀 명주
사뿐사뿐
넋을 부른다

마음을 긁어
앉은 님
한의 고갯길을
묻는다

그래, 그렇게 흘러간 것이여
목쉰 해금 사이로
한을 쥐어 짠다

그렇제,
이것이 하늘이고
이것이 땅이여
이렇게 돌고 돌아
내 품에 온거여

양손 뻗어 잡은 명주 수건
채 잡고 뻗고,
던지고 잡아
머리 위를 휘돌려
살아온 인생 달래본다

살짝 드러나는 발 사위
어디로 가볼까나
그렇지, 그 길이 막혔고마이
그래
이제 날 따라오소.
떨어지는 명주 수건

그리, 여기서
또 막혔고마
풀어보자
풀어보자
손끝 위의 명주 수건
이리저리
흔들린 세상
이렇게, 이렇게
풀어보시더라고

대금의 통곡 소리　　　명주 수건
명주 사이로 스며들고　　오른손에 들고
그렇제, 그렇제　　　　애타는 장고 소리
이리 돌고, 저리도 돌고,　흩어진 혼을 모으고
이쪽으로, 저쪽으로
저쪽으로, 이쪽으로　　살(煞)은
　　　　　　　　　흰 소복의 손끝에서
　　　　　　　　　애한(哀恨)의 곡(哭) 속으로
　　　　　　　　　사라져 간다

[날아 보자, 경주(2015)]

태양의 길로 가라!

김종덕 시집

초판 1쇄 : 2018년 4월 20일

지 은 이 : 김종덕

펴 낸 이 : 김락호

사 진 : 김종덕

디자인 편집 : 이은희

기 획 : 시사랑음악사랑

인 쇄 : 청룡

연 락 처 : 1899-1341

홈페이지 주소 : www.poemmusic.net

E-Mail : poemarts@hanmail.net

정가 : 13,000원

ISBN : 979-11-6284-007-8

이 시집은 함초롬바탕체로 디자인 되었습니다.